火時計

山本泰生詩集

土曜美術社出版販売

詩集　火時計＊目次

詩集　火時計

I

火時計

眼を閉じて
からだの中をごらんください
心臓の裏側で縄の火が燃えているでしょう
油の臭いもするでしょう
一台ずつ
ひそかにぽつんと
ゆらめく
わたしたちの火時計です

生まれたときから
いまだ休むことなく
えんえん燃えて動いています

だいぶ煤もかかり
衰えてそれほど燃えたぎらなくても
火は時を刻んで正確に

あとどれくらいでしょうか
残された時の長さなど思うなかれ
延びたり縮んだり休憩したり
わたしたち
いつも翻弄されているのですから

ただ衰えても人
希望の緋牡丹を開花させることもあるようです
情熱がつづくならば
そんな
生の情熱は青く冷たくなければなりません

驚くべきは
一瞬乱れた火が
強力な火縄銃に引火してしまうことを知らない
わたしたち
しばしば暴発する危険はそのためです
この右手がないのを見てください

火時計はおどけもの
いくら大切にしても燃え尽きるときがくるでしょう
そのいつかに
脅えることはありません
最期の火は即、闇にスパーク、燃えつづけるのです
眼を閉じて
くすくす笑っていればいいのです

横笛

だれが吹いているのだろう
かすかに遠く笛の音
きれぎれだけどやさしく

こころとやら
見えない遠いところにいる
ふあふわり　しくしっく

どんなところにもある話だが
何事も手ごたえなく起こり終わる
ただ知らない風聞がとどくと
こころは震えて身構えたり

どんなところにもある話だが
多くの一見何でもない出来事から
錆びた水が噴き出すと
こころは返り血を浴びたり

こころが輝いていられるのは容易でない
折れたり割れているときもある
ねじ曲がり潰れていることもある
そうであれ
いっぽんの突き抜くやわらかい釘が欲しい
じぶんに打つ
あなたにも打つ
聞こえませんか
鎚の音

そっと共鳴して
こころ包む明るい笛の音
見えない遠いところで
だれが吹いているのだろう

白

真っ白な光のなかを
真っ白な道のうえを
真っ白の衣をまとい
さくさく
歩きつづける
ひとり

どこからか晩鐘
白い風が包む
どんな祈りも神も持たないから
こころは白にそまる
それから

どんな色と遊ぼうか

白いとらわれないこころなら
いつでもどこでも
どろどろの赤や青や黒を浴びても
白が弾いて
するりと生きられる

けれど
ひどく汚れやすい時代だから
こころの明度をみて
しばしば
白く毛染めにはげむ

障子

しずかな闇の中で寝ている
障子がうすらあかるい
月光か
ぼんやりひたる
空耳か
やさしい

明日はどこにいる
何か言ったか
やおら障子を開ける
そこにはまた閉った障子
何枚あるのか

向こうは見えない

こう生きよと照らす
円い光もなく
きらめく日々なぞ望まない
すーっ
障子の向こうから
そよいでくる風

今日が終わり
障子の開閉はあったか
寝ている隙に
眼は開いたことを知っている
いたのは月か
有無を言わさず操るでかい灰玉か

開ければいつも閉じた障子
もういい
裏に動く気配
のしかかる灰玉だ！
明日をたぐり寄せる手立ては
どうする

毛

たんぽぽは春が光る黄花から
実をつけた冠の綿毛に変わると
まもなく
小さな風がやってきて
パラシュートの姿で飛ばされる

ひとはだれも知らない
はるかな肉の闇から
いつとなく
椿にたかる毛虫そっくりに湧いて
やがて風に吹き散らされる

ゆうらゆら里をこえて街をこえて
山をこえて海をこえて空をこえて

綿毛はどこいく
　　うふ　うふふ　ふっ……
知るはずもない

毛虫はどこいく
　　ぐじ　ぐじ　げぢ……
とうてい知るよしもない

ひとという毛虫はふしぎ
どんなかなしみの針で身を包むやら
痛痒い湿疹なぞひどく振りまくやら
にこにこしながら

およそわかる
ひとはたんぽぽの毛のように生きない
あまい汚れた心に群がり貪り恥じない

ただ変人もいる
実のある綿毛と一緒に飛ぶひとよ

ある日

見渡すかぎりの荒れ野を行く
風は横殴りに吹き
突如はげしい雨や雪
岩にもたえず阻まれながら
ただ　黙って一歩前へ

こうしてどこをめざすか
答えるものはいない
道教えもいない
標の星は見えず
深い声は聞こえず
血は凍えめぐらず

毎日が荒れ野
そんなまま
ただ　手さぐりで前へ

なぜ　止まらない　引き返さない
とっくに熟知している
ひとは　元来
あまりしあわせな生きものであるはずがないと
ただ　何も願わず前へ

ありえないことがある日
通りすがりの岩陰で驚く
あおむらさきの炎が噴きあがり
嵐も何のその　燃えて行こう！　と龍胆（リンドウ）
とたん　ダッシュ　前へ

明日へ

忘れない
少年で恐いものなしの頃
川を遠くへ泳いで流され溺れた夏
この畔に生まれ暮らして七十年
すすきが生い茂る堤に犬と佇む

吠えるな　サブローよ
しずかに振り返っているだけ
詩と住まう一生ってどうか
おまえのふしぎそうな眼　つい涙

いつしか　川にこころ預けて

氾濫　濁流　泥や塵と　ただよい
どれほどの詩を飼ったろう
そうして詩に飼われたろう

風がきらり　光るときは
ボラやチヌが水面を蹴って挨拶
カイツブリがにぎやかに円居
海からカモメがふわり　詩は留守か

夜ひとり　負った傷を撫でていると
川霧の毛布にそっとくるまれ
詩がいのちと連れだって差しのべる手
ゆっくり深まる愛のように
明日もっと新鮮になる　わたしは

服を着て

服を着てそしらぬ顔で
日々過ごしているけれど
もしやガラスの独楽だったり

それは透明で回っている
いつかどこからか投げ出され
そのはずみでいのちが回りはじめ
気づかれないときは
まっすぐ音もなく立ってじっと回る
動いているとはとても

やがて思うまま

急に旋回したり停止や逆回転
他の独楽と絡み弾かれたり
寄り添えば羽もないのに飛んだり
色とりどりの汗

そんなことばかりでない
固い壁に押し潰され気絶したり
他と激突し大怪我したり
それでもやさしい声にまた

服を着た独楽でしょうか
人なんて
ひどく危うく誇り高く
粘りがあるガラスの

傾く

風が凪いでしまうと
ぼくの揺れざわめく湖は傾く
風が支えになっていた　もろさ

湖は震えている
たとえば感情の　蝶　蟬　鈴虫　蛾　蜂やら
飛び交っている
さては　そんな力で動こうとしている

湖の望むところは
あなたのそれと交わること
なのに　ぼくの湖が動きはじめると

あなたのその傾きに組み合わない
今　ぼくは傾く湖底の射手
あなたに向かって放った
一本の赤い矢がそっと受け取られたとしたら
あるいは　何かの芽生え？

風は立ちあがり
湖を真っすぐ起こしにかかる

1日橋

この元旦から365２日
生きると決めた
しずかによく噛んで

1日橋を渡りつぐ
細く撓う丸木橋のありふれたさまだけど
そうたやすくもないけれど
おもしろいといえばとっても

そんな1日限りの橋
夜中に架橋され次の夜中には消失する
新鮮なままでさみしく

だれにもこっそり問いかけるのだ
おまえ切に生きたか

きのう・きょう・あす橋は深い霧の中
ひとすじ白い薔薇の道
まま歓びと腕を組んで歩くこともあれば
棘にからまれ血を流すやら

1日橋を渡るって
そのひとさえ知らない自分に巡りあったり
つい元気な夢飼いの頃を思い出したり

橋はゆうらゆらと吹かれる
でも激しい風や雨雪は
自ら強く揺れることで振り払い
渡るひとを柔らかく守っているそうな

１日橋は笑って通れ
もし転げ落ちたら泳ぎ渡れ
暮れには「１０年卓上日誌」を買った
真新しい表紙をまた撫でてみる

Ⅱ

夢わすれ

都わすれという花がある
都へ帰るのも忘れてしまうくらい
清楚な花
しずかな紫のただよう気品に

（かつて　夢いちずとかいう斑の花あり
みんな貧しく　光の気配だけで
歪んだ夢のラグビーボールを抱え突き進む
だれもがそんな渦にいた
傷だらけになりながら　ひるまず
孤独な戦士のかすかな自負を支えに

（では今　夢わすれという花は何ですか
（夢をまるで忘れるほどすてきな花ですか
とんでもない　夢などとっくに見失い萎む
灰色の花だ

街は無酸素に近く寒い　ひろがる夜
人のいるところ　マスクと薄笑い
息をするより　舌を呑むのが先
水分はやっと滴　渇きは止まらない
夢の種さえどうなるかあやしい
だって　空気も水も光もわずかだから

（今こそ　夢の咲く花壇はありませんか
（もし白熱した夢花が芽吹いたらどうですか
見るだけで火傷してしまうよ
傍にいた芥子粒の夢や　欲望の甘い夢まで

ふいと土に戻ってしまうよ
だから　終日何となく生き惑うばかり
ひとり黙ってどこへ

風がそよぎ　花も散った夢わすれがゆれる
夢を忘れるほど爽やかな水色の花なぞ望まない
けれど　ひしと夢の種は隠し持ち
開花する時を待っている

細い道

毎朝
ぼくは夜明けに引かれて散歩する
だれも会わない川縁の細い道

空は東から少しずつ光がにじみ
一日がゆっくり目を覚ます
辺りは音や水で動きはじめる

この道にぼくは
歌姫とやら到底現れないと知っている
だから待つこともしない

ぼくはふわり洗い立ての白い袋
空っぽのまますたすた歩いて
冷たい豆腐　そんな今日におはよう

いつだったか
突然
この道に見たこともない風

なんだ　影か　声か　感情か　葉っぱか
刺さるようにして
すれちがう風　おくれ毛

すわ後を追うが
白い袋の中
ぼく

籠る

ゆらいでいる　深み
ふかいふかい　ぼくの底
繊毛のゆれで
かすかに感じる葉が音をたてる

ぼくの耳は聞こえない
けれど　葉先はときにするどく刺す
今日の危うさ　ひび入る明日
しだいに　痛みはふかまり

ぼくのふかい根方に焼けるような一点
少しの風で　発火もふしぎでない

感じるとがった松葉

そこに火が籠る
ぼくは火を退けない　火傷しながら
この世の舵を怒る火　あちっ　手に持つ

鼻唄

ぼくはいきなり
温い水袋から吐き出され
初めての悲鳴をあげる
おっぱいに飽きると
あちらこちらへ這っていく

やがてよいしょ
青空につかまり二本足で立つ
何とか原人の幼虫
はるかな記憶をよろよろ
その後
ずいぶん長く歩いてきた

けれど
果たしてあとどれくらい
立ち姿　人でいられよう
いつかそう遠からず
恐れるとおり　メリメリッ、グシャ、……
ぼくの傷み痛む足腰が潰れる

だろうと
いのちがぼくに住んでいるかぎり
ひとり生きるすべ　這う
赤子のときよりうまく這う
疲れるとごろり

倒れない　立てないから
しっかり這いずる

紙おむつが擦り切れても
鼻唄まじりで

もし頭がいかれたら　なあに
にこにこ泥亀(すっぽん)とは　おれのあだ名

祝う

めざめる
闇からめざめる
再会だ
ゆうべ闇にとけたぼくと

グラスちょん！　と祝って
あかるく働くいのち
きょう　なにを
きょう　どこへ

ぼくのちいさな夢と
死のグラスに　点　点　点　と溜まっていく

金色の密な瞬間
そんな恵みに酔っぱらうぼくは

かるーく　めざめ
いのちを泳いで
かるーく　ねむり
またね！

大根

きょうも大根あすも大根あさっても
番狂わせの名演なんてとてもじゃないが
ひとは役者　また思わぬ観客
それらを重ねて冷えびえとした朝を迎える
ひとの数だけ芝居がある
いやひとりに何ぼでもあって数えきれん
シナリオはあるらしく見えてまるでない
生まれ落ちるや幕が開き最期まで幕は下りん

喜劇　悲劇　歌劇　黙劇　寸劇……
こんな薄氷のうえで　毎日が初演

いつの間にか違う劇の違う場面に紛れ込み
つまらん科白にあたふたして大根と陰口

おおかたは無名の自称スター
その嫌な配役を降板することもできん

いつかいつかはと願望執着　暗い舞台裏
鬼気迫る一人芝居にうつつを抜かす輩もいる

単なる頭数として終生エキストラ
そういう役者を自覚しながら知らんぷり

どんなシーンに起用されても

たちまちぴたりと演じるには才能がいる
――美味しい大根になれや
なんと　その声は亡き母

残る

ぼくは行かない
ツバメはほとんど
やがて南へ渡るのに

今年の子育ても終え
暖と餌を求めて何千キロ
みんな命がけの旅　だが

ごく少数の越冬ツバメで残る
やがて襲われ凌げるか　冬の牙

ここにいては暖も餌も乏しく

隠れ処を見つけても
命を保てるねぐらはまれのよう
どちらもすぐ横に死　ぼくは決めた
らしく　生きる

歩く

ぼくは器用じゃないから
行き詰ると　とことん考える
そのうち頭の底が火になる　直前
何も思わず　歩きはじめる

ぼくは急がない
ただ歩く　あんがい難しい
幼子のような無心

ときには　しぶく海へ出て
がおおっ　怒濤に喚いてみたり
それでも収まらなければ五分ほど泣く

ぼくはただ歩く　歩きながら
どうにもならないことに打ちのめされていると知る
けれど　不器用にガードを固めてきょうも

ゆらぐ秋

すかすかの狭いあばら家
人を避けてこもる
かわいた時間が澱んでいる
新聞・テレビ・ラジオ・カレンダー……
主張するものは置かない
明かりは太陽と月にもらう

一日でしぼむ木槿がささやくのに
ぽつんと黙っている
いのちがゆっくり冷えていく
巻きつづけたバネが音もなくほどけていく
したことを次々と放していく

それでもドン！
号砲が鳴れば走るいのち
バトンをどこかで落っことしたり
わざとバトンも持たず
うさんくさい希みなぞ追っかけたり
そのうえ
ときに黒い怒りと二人三脚

いのちは切れぎれで気まぐれ
なだめようと風の声
がんばるな

こんな混乱かんべんしてよ
どうすればいい
いのちをもとの豊満な全裸に戻すしかないのか

金木犀の香りがする風の声
がんばるな
いつもほろ酔いでな

深夜便

深夜　家じゅうが寝しずまると
わたしはこっそり出かけていく
むかし　城があったらしい森の洞窟
火刑の伝説も今に残る
鉄条網と［危険　進入禁止］
その前に来ると吸い込まれ中に立っている

奥には燃えさかるいのちの炉か　熔けそうだ
積もり積もった嘆きや苦しみを焼却
倦怠や狂気をも
さて　どうなるともわからない恐ろしい高炉だ
間違って手術室？

咳きこむみじかい呼吸から
しだいに深くおだやかな呼吸に

柔らかくほぐれて
からだ全体軽くなる
ゆかいな脳がはしゃぎだす
不安に低温火傷したわたしはもういない

おっと回れ右！
再生工場から脱出だ
こんなに熱い機体をどうあれ離陸させて見せよ
明日は見えない
それでもにこり信じて飛び立て

朝へ向かう闇夜に機首を上げよ

今一度思いきり機首を上げよ　叫び声と
蒲団を蹴って　飛び起きたやつ

星の声

いかがお過ごしですか
あなたの七回忌を済ませました
空気が危なくて家族だけの法要です
花壇とマラソンの笑い話もぽつり

また思い出します　あのとき
あなたの熱く焼けた骨や灰のなか
大切にした白い歯が光っていたこと
病が進み水も飲めないほどなのに
最期まで続けた歯磨き
若い日なぜ妻に選んだか聞かれ
その歯だと漏らしたこと

高温にもそのまま残る歯はまれで
壺に納めますかと

しずかです　雀まで
親子五人賑やかに暮らした家を畳み
川縁の小さい古屋へ移りました
辺りには家もなく葦がそよいでいます

元気です　ひとり
あなたのオカリナもいて
分かれ道は老犬がみちづれです
長い夜は本やギターに迷いこんだり
生きる今がことのほかいとおしい

書いています　少しおかしな詩
空っぽの暗がりにどこからか近づいてくる星

やわらかく両手で受けられるでしょうか
読まれない詩はさみしがり屋
四季の風が吹くとき外へ連れ出します
折り鶴にしてするりと

出来た詩は必ずしずかに朗読してくれた
あなたへその紙飛行機を飛ばします
どんなに遠くても
白く光るような声が聞きたい
きっとだぜ

Ⅲ

黙馬くん　目次

黙馬くん

――どこか危うく少しゆかいな旅歌

1

動く異物があると気づいたのはいつのことだったか
それがどのようなものか正体をはかりかねて　ぼくは
ずっと耳を立てていた

変わった馬が近くにいるという　音もなく駈けては何か
を操るという　ぼくの内にいて暴れるという
いたずら黙馬だとか

だれも知らない　固く沈黙し姿も見せず動きも予測しえ

ない馬　ただかすかな気配と息遣い
ピアノの音　前奏曲（プレリュード）か　これに乗っていこう

2

おまえ　なぜ
ぼくの大切なものをつぎつぎと運び去るのか
上り階段に積み置く希望や　抱きしめる夢の卵も　もぎ
取り運び去るのか　深い傷を残して
ぼくから奪うためにやって来たろう　何か言ってみよ

この間だって　妻と続いて母を背に走り去ったな
こちらを振り向かず帰りのない遠くへ　何か言えよ
青く光る黙馬　夢や命運びに関わるというおまえ
濡れた体の滴がぼくにもかかる　次は何を運ぶか　言え

3

馬がしゃべるかと　ごもっとも普通の馬ならな　しかし
これは違う　人より飛びぬけて自在にしゃべり動作もで
きるのにいつも押し黙っている馬のことだ
小さくいたり巨大だったり　張りのあるしなやかな馬体
で走り　大鷲のように翔けたりするらしいが　見たひと
はいない

黙馬よ　おまえはどこから来て何してきた？
ぼくが生まれる遥か以前から　ぼくを知っていたという
のか　おまえの背中でころころしてきたと

4

朝　目覚めて思い切り伸びをして　また夢をみていたと
知る　どんな夢だったかをたどると　昨日と溶け合い

夢の中かうつつか
ふつう黙馬の背も気づかないが　しばしばぼくは乗せら
れひたすら駈ける　裸馬で手綱もなく
道は穴ぼこだらけ　嵐に襲われ　何度も落馬　瀕死……
それでもときに　馬はぼくをすばやく背に乗せて歩きは
じめる　ぼくのでかい手足となることだって

5

利口ぶってもむだだよ
黙馬　おまえの長い顔から感じる

粗末な積木の暮らしでもつぎつぎと波乱がある　さざ波は絶えず　ぼくは急に笑い　怒鳴り　沈む

夜　ひそかに尾行する眼

6

黙馬の調教師なんていない　この馬　休むことなく働くすべて流れてくるものを受け入れ　それから流れを乗り越えたり　闘い耐えたり　さっさと避けたり　何がどう流れてくるか分かりようもない場で

いつも馬が懸命に働いていても知るものはいない

ああっ　ひとは驚喜するようなことがあるとなぜか辺り
を見回し　これが馬か！　勘づくことも
それもまれ　この暴れ馬にぼくはどう立ち向かう
その背に飛び乗るか、飛び退くか　片目でそれ！

7

ときに　黙馬
意外なところもあるな

〈おかしみ〉

かつかつ生きるぼくら　けものびと
表や裏や嘘やどんでんがえしやら

おかしみをおまえに教わる
でも　いたずらが過ぎるぞ
少しは優しい花を見習え

8

ぼくの中に黒いシートで
すっぽり覆われた知らない馬屋があるだと
なんだ　うようよしているこの馬たちは何だ！
おお　ぼくもまた黙る馬を何頭も飼っているというのか
黙馬たち……

9

風に乗って踊る馬？
障害も好んで跳び越える馬？
内に火のめらめら燃える馬？
巨大な翼で空高く飛ぶ馬？
真っ逆さまに降下する馬？
暗闇をひた走る馬？
いくつも首のある馬？
木っ端で造られ泣く馬？
謎の凶器を隠し持つ馬？
かなしみに磨かれて光る馬？
だれかとよく似た顔の馬？
？馬？

白い明日のタクシー乗場に立つぼく

おーい黙馬と呼ぶ
なに　いつも一頭か

10

どうした　空っぽだと？　馬が逃げたと？
こんなにも今朝は明るくしずまっているはずだ
このぼくのほか何もない
ぼくは全く心地よいが　いいか

そんなはずない　か、かくれんぼだ
さがせ　頭かくしてもわかるあれをさがせ！

11

その影がそうだと言われても気づかない　触ることなど
ありえない　何とも思うようにならない生きもの
だから　まぼろしでもない　黙馬

入れ替わり立ち替わり　むすうの変身！　どろん！
ぼくはこいつに振り回されつづけ　苛立ちも極み
そんな馬　罠に掛けて捕えろ　手懐け飼い慣らせ　だめ
なら馬刺にして食え　怒号とともに追う

12

向こうへ疾走する怪しい馬の尻尾をぼくは何としても
見つけつかもうとする　もし尻尾をつかんだらぐいっと

たぐりその尻に取りつく　すばやく手を突っ込み力ずく
でその内臓を掻き出し　ぼくの希望と総替えする
臓器移植の手筈どおり
おっと　たわけた空想ではなく　逃げる黙馬の冷たい尻
から未来に触れ　その手で

13

ときに　黙馬
これからどうなっていくのだろう
　　〈それでも〉
すぐ激怒するくせ

内向きに笑うくせとか　弱さを突く馬
尖った馬　ぼくをなお
海へ蹴落とす　淡々と長く泳げと

うねり　それでも
大しけ　それでも

14

毎朝やさしく　小さな竹馬に乗せて幼い今日を迎える
一日をおもちゃにする　それくらいゆかいに耕そう

何もない平安　おだやかな時のつづき……
均衡(バランス)！　実はこれほど恐いことはないと知っているか

ああ　その裏側で黙馬が何かとがっちりぎりぎりと組み
合っているしずけさ　危うい均衡　もしちょっとでも
ギシッとずれたら？　知らぬぼくは平気で

15

もしも均衡が破れたら　ぼくは御者のいない幽霊馬車の
真ん前　危ない！　それは異常な暴力の赤い馬が引く
巨大な車輪　手に負えないとすぐ分かる

黙馬はどこへ行った　勝手にしろとばかりに　むむむ
だが白旗は待て！　立ち向かう無力を知るだけに　また
冗談、冗談だってと笑いおどけ　巧くぶっ飛ばされては
かすり傷ですます　ずるい知恵

16

ときに　黙馬
ぼくが打ちのめされて崩れる寸前
手引きするか

17

〈ドリブルで〉

空しさを　ドリブルで躱（かわ）す
孤独を　ドリブルで躱す
悔いを　ドリブルで躱す
あとから灯りが

黙馬よ　ぼくのひとりごと
悪事や負の結果はどうでもおまえの所為にしてきた
なのに　美味しい出来事はぼくの仕業としてきた

しかし　あのときはたしかにおまえの気配があり　その
背から降りて前に立った人がのち妻となるとは　ふいと
気を取られ　見たおまえの長顔が思い出せない

そこから　楽土、シーソー、坂、転倒の四十余年
やっと静かな暮らしをはじめた矢先　妻は重い病に倒れ
おまえは病の果ての妻をついに

18

風車は回る

疾風のなかで夢は巻き戻される
東京のどさくさを闇雲に黙馬と駈け回った若い日が甦る
風車は回る　もう急がない
ぼくはこぬか雨の降る迷路をどこまでも　いのち放浪記

19

黙馬　おまえに聞く　答えないけれど
ぼくは知っている　真っ暗な時間にいて
いつもどうしているか　答えないけれど
ぼくは知っている　透ける体で試走したり
何たる巨大・威力・残酷　答えないけれど

ぼくは知っている　ひとが戦ってはとても

おまえは何を隠しているか　答えないけれど
ぼくは知っている　そのたぎる炎はどっと渦巻き
何でも支配できる　すべてを滅ぼすことさえできる

だのに　なぜ
ぼくは死人でなく生きてある？
ぼくは何も知っていない

20

もう　あるがままでいい
ぼくはこんなに生きて通っている
なぜと　ぼくはわが声を信じてきたから？

猛火の恐怖は　ぼくの騙し絵と知る

神でない黙馬よ
ぼくはいつも近くにいたわけではないが
なぜと　おまえがいれば何か予感するから？
見えない血管　どくどくどく

ピアノ曲がフォルティシモ
ぼくはとらわれない……
何が起ころうが受容　ぐにゃり背負うと決めた

21

あれっ　はじめて見る　草色（グリーン）の馬

骸骨の息のかからないところでどうしてきた?
農耕馬のにおい　たんそく　へいぼん　どじ
強くないが　思うまま自在に駈ける馬

そんな黙馬よ　ところで
おまえの背でこちらを向いて　にこやかな　あの人は
だれだ

22

朝一番　大あくびして太陽に叫ぶ　いのちは深呼吸
ひたすら　ぼくを生き切る
遥かな時の流れにとどこうがとどくまいが

黙馬よ　にんげんの深度って

優しいなみだを心底にどれほど湛えているか
その使い方が値打ちと

23

ときに　黙馬
おまえから何度　わざと迷子になったろう
そのたびの試みは

〈捨て身〉

蟬の美しい脱皮を見ている
そうして
くりかえし繰りかえし繰り返し
真似てきた

捨て身

24

空が明るくなってきた　風も変わった　雑木林や竹藪に
隠れ　ずっとぼくの背後にいて　今立ち上がる　馬
ピアノの曲が止んだ

おまえがぼくを連れていこうとしているところ　およそ
知っている　乾いた砂丘の果てしない道
でもいい
あの人とまた会える、次は二人でどんな愛の話をしよう

草色の黙馬よ
影よ

あとがき

この詩集は、前作『あい火抄』発刊以降の作品を中心にまとめたものです。その間、集中的に映画を観た時期があり、鋭く簡潔な映像・音声・余韻など改めて刺激を受けたところです。

初出の多くは、同人誌「兆」（林嗣夫代表）及び「墓地」（山本十四尾代表）によっており感謝の意を表します。

刊行に当たっては、土曜美術社出版販売高木祐子社主をはじめ、携わっていただいた皆様、大変ありがとうございました。

二〇二一年七月

山本泰生

著者略歴

山本泰生（やまもと・たいせい）

1947年　徳島県生まれ

詩　集　1967年『未知子』
1987年『川を飼う叙景歌』
1991年『生き惑う』
1995年『仮眠室』
1999年『空耳』
2003年『三本足』
2007年『声』
2013年『祝福』
2018年『あい火抄』

所　属　日本現代詩人会　日本詩人クラブ
詩誌「兆」同人

現住所　〒771-0219　徳島県板野郡松茂町笹木野山南115

詩集　火時計（ひどけい）

発　行　二〇二一年十月二十日

著　者　山本泰生

装　丁　森本良成

発行者　高木祐子

発行所　土曜美術社出版販売
〒162-0813　東京都新宿区東五軒町三—一〇
電　話　〇三—五二二九—〇七三〇
FAX　〇三—五二二九—〇七三二
振　替　〇〇一六〇—九—七五六九〇九

印刷・製本　モリモト印刷

ISBN978-4-8120-2647-2　C0092